3731

ye

ODE
AU ROY,

SUIVIE D'UNE REJOUISSANCE.

Par le Sieur ***.

A PARIS,

Chez PIERRE DELORMEL, à la descente du Pont-
Neuf, du côté du Quay des Augustins,
au Nom de Jesus.

M. DCC. XLIV.

O D E
AU ROY.

Par le Sieur ***.

LOUIS MAGNANIME, il faut que je
te chante !
Ta Gloire à l'Univers est trop interessante,
Pour que ma foible voix , sans craindre les
Censeurs,
Ne joigne pas son Chant aux doux sons des neuf Sœurs.

Ma Muse par leurs soins fut autrefois formée :
Heureuse ! si d'accord , avec la Renommée,

A

Elle peut bien chanter ta *Valeur*, ta *Bonté* ;
Vertus que tu foutiens d'une noble fierté.

❧

Tu fais notre bonheur, foit en Paix, foit en Guerre ;
Si ton Bras, à préfent, *eft armé du Tonnerre*,
C'eft pour tranquilifer l'Europe & tes Sujets,
Et vaincre l'Ennemi dans fes plus noirs projets.

❧

Témoin, quand des Guerriers, tu te mets à la tête,
D'Ypres, Furnes, Menin, que tu fais la Conquête ;
Que de fuite tu cours fur les Rives du Rhin :
Et qu'au bruit de ton Nom, l'Ennemi fuit foudain.

❧

Apeine es-tu forti de ta Convalefcence,
Qu'au Siége de Fribourg, tu montres ta Vaillance :
Déja l'air des François, fous tes fiers Etendarts,
Fait voir que ton exemple en a fait des Céfars.

❧

Combien Grand eft un Roy, qu'une belle Ame anime :
Sur-tout dans fa Grandeur, quand la valeur s'exprime ;

En toi nous l'admirons ! Si c'eſt ta volonté,
Laiſſes-nous, ſans frayeur, jouir de ta *Bonté*.

❧

Tendre & compatiſſant, s'il te vient quelques plaintes,
Devant toi tes Sujets s'en expliquent ſans feintes :
Au Louvre, au Champ de Mars, la Balance à la main,
Ta Juſtice n'eſt point remiſe au lendemain.

❧

Tu ſçais à tes Guerriers donner avec largeſſe ;
S'il s'agit de juger, tu fais voir ta Sageſſe !
Plus Grand que les Céſars, ô LOUIS Valeureux !
Tu ne vis que pour nous : nous ſommes tous heureux.

❧

Nous te voyons toujours, Vaillant & Pacifique....
Qui peut ne pas aimer LOUIS le Magnifique ?
Dont mêmes les Vaincus, dans les Exploits Guerriers,
Admirent la *Bonté* couverte de Lauriers.

❧

Ils trouvent dans tes mains, & l'Olive & la Foudre :
Veulent-ils éviter d'être réduits en poudre ?

Ils n'ont qu'à confentir à la durable Paix
Que tu chéris pour nous, plus que tous tes beaux Faits.

❀

Je ne puis exprimer combien ton Peuple t'aime :
Puiffe fon Grand Amour te rendre heureux, toi-même.
Long-tems daigne le Ciel & fon immenfité,
Faire durer en toi notre félicité.

❀

Tu vois, pour te chanter, qu'il ne faut point d'emphafe ;
Qu'un fidéle récit, d'accord avec Pegafe,
Suffit à l'Univers : tellement à nos yeux
Sont grandes tes Vertus, Grands tes Faits Glorieux !

❀

Si par hazard mon Chant bleffoit ta modeftie ;
Toute l'Europe alors fera fa garantie :
Ma Mufe ne pouvoit, au bruit de tes Exploits,
S'abftenir de louer un de nos plus Grands Rois.

FIN DE L'ODE.

JE trouve, dans l'Anagrame de LOUIS quinziesme, Roi de France et de Navarre, *ROI DES ROIS de France tranquilifée à ma venuë.*

Lû & approuvé, par moi Cenfeur pour la Police, ce 27 Octobre 1744.

Vû l'Approbation, permis d'imprimer ce 29 Octobre 1744.
MARVILLE.

REJOUISSANCE

REJOUISSANCE

Au sujet de l'heureux Rétablissement de la Santé du Roy , LOUIS XV.

Par le Sieur ✳✳✳.

Sur l'Air : *Du haut en bas.*

IVE le Roi,
Chantons tous en réjouissance,
Vive le Roi,
Qui nous a causé tant d'effroi :
Echo qui gardés le silence,
Chantés toujours, avec la France,
Le plus Grand Roi.

En Louis , Roi,
Ses Sujets ont toute efpérance ;
    C'eft un bon Roi ;
C'eft le ferme appui de la Foy ;
Et le vrai bonheur de la France :
Nous avons tous l'expérience
    Qu'il eft bon Roi.

Au Champ de Mars ,
Ses premiers coups , font coups de Maître :
    Au Champ de Mars
Il a furpaffé les Céfars
Heureux le jour qui l'a vû naître,
Et le jour qui l'a fait paroître
    Au Champ de Mars.

En Louis , Roi,

Le bon Guerrier,
Tremble pour lui dans fa Vaillance.
    Ce bon Guerrier

Moiſſonne à foiſon des Lauriers :
La Mort jalouſe alors s'avance,
Le Frappe ; il tombe en défaillance
    Sous ſes Lauriers.

Tout eſt en pleurs !
Ç'en eſt fait hélas de ſa vie,
    Tout eſt en pleurs !
Chez les François qùelles douleurs ?
On la lui croît déja ravie !
Mais non il vit malgré l'envie ;
    Sechons nos pleurs.

D'un ſi Grand Roi ,
Les jours nouveaux font un miracle !
    Oui , ce Grand Roi
Les doit à notre vive Foy ;
Témoins les Sujets ; Quel ſpectacle !
Qui nuits & jours au Tabernacle
    Pleuroient leur Roi.

Cesse l'effroi :
Que par-tout la magnificence
Chasse l'effroi :
La Santé de l'Auguste Roi
Accomplit les vœux de la France :
Par la Divine Providence
Cesse l'effroi.

Dans tout Paris !
Quelle clarté, quelle allegresse
Dans tout Paris !
Jusqu'aux Cieux, sont poussés ces cris :
VIVE LE ROY ; l'Amour nous presse
Pour lui de le chanter sans cesse
Dans tout Paris.

Il est nommé,
Par le Peuple ✽, avec révérence ;
Il est nommé

✽ Vox Populi.

Louis le Grand, le Bien-Aimé !
C'eft Dieu qui parle *, & l'évidence,
Eft qu'il veut qu'il foit de la France
Le · Bien - Aimé.

Or apprenons,
D'un ton majeftueux & jufte,
Or apprenons
Au Peuple à chanter fes furnoms :
Louis Bien-Aimé, qu'on s'ajufte ;
Louis , Vaillant , Grand & Augufte
Sont fes furnoms.

Vivez , ô Roi !
Cher objet de toute la France.
Vivez , ô Roi !
Qui vîtes la mort fans effroi :
Vivez, Dieu le veut , fa Puiffance
Verfe fa Grace en abondance
Sur vous , ô Roi !

* *Vox Dei.*

Dans le Saint Lieu !

Des méchans terrible Barriere,

Dans le Saint Lieu !

Nous rendons tous Graces à Dieu,

D'avoir prolongé la Carriere,

Au Roi Clément, dont la lumiere

Vient du feul Dieu.

Confervez-nous ,

Puiffant Dieu , *Louis notre Pere ;*

Confervez-nous

Celui *qui ne vit que pour nous.*

Faites que long-tems il profpere.

Ah ! de votre Grace on l'efpere

Gardez-le-nous.

Lû & Approuvé , par moi Cenfeur pour la Police , ce 27 Octobre 1744.

Vû l'Approbation, permis d'imprimer. A Paris , ce 29 Octobre 1744.

MARVILLE.

www.ingramcontent.com/pod-product-compliance
Lightning Source LLC
Chambersburg PA
CBHW061433170626
46811CB00005B/2248